QUELQUES MOTS

SUR

LA QUESTION DE L'HÉRÉDITÉ

DE

LA PAIRIE,

Par M. Pierson,

SUBSTITUT A LA COUR DE NANCY.

NANCY,

CHEZ GRIMBLOT, LIBRAIRE, PLACE ROYALE.

Juillet 1831.

DE L'IMPRIMERIE DE C.-J. HISSETTE.

L'opinion qu'on va lire, n'a d'autre but que de provoquer les réflexions des hommes qui désirent voir s'établir sur un terrein différent de celui des passions et des préventions aveugles, la discussion des grands intérêts du pays. La question de l'hérédité de la pairie se rattachait d'une manière trop intime aux destinées de la France, pour que je n'aie pas cherché à me faire une conviction à cet égard. Les hommes éclairés à qui elle est soumise, reconnaîtront sans doute qu'un besoin consciencieux a présidé à mon travail ; ils m'honoreraient beaucoup d'en faire l'objet d'une critique réfléchie et de m'en communiquer le résultat.

QUELQUES MOTS

SUR LA QUESTION DE L'HÉRÉDITÉ

DE

LA PAIRIE.

Sɪ une pareille question eût été proposée en France, il y a cinquante ans, en présence d'une dynastie qui voulait placer sous la sauve-garde de Dieu lui-même, la légitimité de ses droits, en présence d'une noblesse nombreuse et puissante, qui par l'hérédité des titres et les substitutions à l'infini, avait établi d'une manière qu'elle croyait inébranlable, sa supériorité sociale, certes la solution d'une semblable question n'eût pas été douteuse, et le tiers-état se fût estimé bienheureux de devenir la chambre des Communes, à côté d'une Pairie dont l'hérédité n'eut pas été plus à charge que celle des titres et des châteaux, et dont les prérogatives constitutionnelles eussent été partagées avec une entière égalité.

C'est alors que la France aurait présenté les mêmes éléments sociaux que l'Angleterre, un pouvoir populaire et un pouvoir aristocratique, tous deux forts, se balançant l'un par l'autre, et trouvant dans la royauté placée entre eux, un pouvoir modérateur qui eut maintenu l'harmonie, en luttant tour-à-tour avec l'aristocratie contre le peuple, et avec le peuple contre l'aristocratie. Mais en 1831 les choses ont bien changé de face, et les conditions du problème sont loin d'être les mêmes.

Le pouvoir populaire, quel que soit l'État où il s'exerce, renferme en lui-même de tels éléments de force, qu'il suffit qu'il existe avec les conditions d'un exercice quelconque, pour que l'on reconnaisse en lui un des faits importants de l'état social. Le pouvoir populaire peut être fortement comprimé, étouffé même quelquefois ; mais puisant dans les innombrables intérêts dont il est l'appui, une force incommensurable, il finit toujours par reparaître, empruntant de chaque progrès de la civilisation une prépondérance plus grande, et finissant par faire de sa cause celle de l'humanité tout entière. Liberté, égalité, voilà sa devise.

Le pouvoir aristocratique a des bases bien moins larges. Sous le rapport du nombre de ceux intéressés à sa cause, il ne présente qu'une faible minorité en comparaison des masses dont peut disposer le pouvoir rival. S'attachant à concentrer dans les classes élevées les honneurs et les dignités, le pouvoir aristocratique a pris pour devise exclusion et privilége. Aussi, loin de grandir par la civilisation comme son adversaire, il a vu successivement ses priviléges s'amoindrir, sa prépondérance tendre à être plus nominale que sérieuse, et ses éléments se fondre peu à peu dans cette aristocratie de lumières, de talents, d'industrie, de richesses, fille de la civilisation, compagne de la liberté, dont l'influence est librement acceptée et non prescrite, et dont les rangs ouverts à tous, maintiennent sans cesse les droits de l'égalité dans le sein de l'inégalité elle-même.

Eh bien, ce pouvoir populaire, arrivé par ses larges développements à la prépondérance sociale; ce pouvoir aristocratique, déshérité de ses priviléges, et ne conservant plus que des titres dont la vanité nationale hésite à se dépouiller tout-à-fait; voilà le tableau que présente aujourd'hui la France. Il s'y est donc opéré une de ces révolutions qui changent les éléments de la société, et substituent à ses conditions anciennes des conditions nouvelles. Or les conditions nouvelles sont que l'aristocratie de titres, de priviléges, de substitutions, disparaisse et s'anéantisse, parce que son temps est accompli, son rôle joué, sa vie politique éteinte.

Cet arrêt prononcé en France contre la noblesse, est d'autant plus irrévocable, que celle-ci ne trouve pas pour elle cette sympathie qui existe en Angleterre pour une aristocratie qui a combattu avec le peuple pour obtenir la grande charte, et qui avec le peuple encore a proclamé la souveraineté nationale, par l'expulsion des Stuarts en 1688.

La noblesse française, au contraire, a toujours regardé comme quelque chose qui compromettait sa dignité, toute communauté d'intérêts avec le peuple ; et une institution qui n'existait plus que pour satisfaire quelques amours propres aux dépens de tous les autres, devait subir le sort de ces vieux édifices dont les matériaux ne peuvent plus se renoulever, et qui cédant à l'ébranlement qu'on leur donne, finissent par s'écrouler avec fracas.

La révolution de 89 s'est faite contre la noblesse ; celle de 1830 s'est faite sans elle. Les antipathies nationales contre la restauration, contre l'esprit de domination du clergé ont sans cesse rencontré la noblesse comme point d'appui de ce qu'on détestait, de ce qu'on repoussait ; enfin il y a dans ses rangs les seuls partisans que la dynastie déchue puisse appeler à la défense de ses prétentions.

D'un autre côté une scission puissante s'est opérée dans le sein de la noblesse même. Un grand nombre de familles ont quitté et laissé à leurs vieilles idées les retardataires, et sont venues se confondre dans les rangs communs, sûres d'y trouver par leur éducation, et même par le souvenir de ce qui les distinguait autrefois, une place où il sera toujours honorable de s'asseoir.

La noblesse a donc cessé d'être un corps puissant ; elle n'est plus un fait social dont la constitution doive accepter la réalité. Privée de ses priviléges, de son prestige, ralliée en partie à des principes opposés à cet esprit de caste si énergique autrefois, elle se trouve face à face avec la Nation tout entière, Nation remplie de haine contre les priviléges de la naissance, et encore émue du triomphe qu'elle vient de remporter au nom de la liberté et de l'égalité.

Songer aujourd'hui à réaliser ce que l'état des choses rendait facile il y a cinquante ans, serait vouloir lutter contre la raison et la vérité. Il est aussi impossible de rétablir une noblesse à priviléges, qu'un gouvernement absolu. Napoléon avait voulu nous donner l'un et l'autre. Qu'en est-il résulté ? Cette main si puissante n'a pu conserver le pouvoir, et sa noblesse, réduite à de vains titres, encore environnée des traces de son origine plébéienne, qui, la plupart du temps, forment avec ses titres une disparate si bizarre, ne compte que quelques-noms pour qui le souvenir d'une victoire, de travaux illustres, obtient une considération respectueuse sans doute, mais qui cesserait bien vite si elle devait favoriser des prétentions de priviléges.

Mais sans noblesse, et sans noblesse assez puissante pour défendre ses priviléges, comment songer à une Chambre héréditaire, dont les conditions seraient nécessairement des titres et des ma-
jorats, et qui pour les défendre et les faire res-
pecter, ne trouverait pas même d'appui dans cette
noblesse ancienne et nouvelle qui, ne partageant
pas ses prérogatives, n'aurait nul souci de leur
conservation.

Une Chambre héréditaire est une plante qui ne
peut pas prendre racine sur le sol français, parce
que sa condition indispensable, une noblesse
nombreuse et puissante, est repoussée par l'esprit
de la Nation. L'instinct du pays s'opposera à toute
tentative qui serait faite à cet égard; que cet instinct soit juste ou s'égare, peu importe, il existe
avec une énergie telle que le suivre est une nécessité. On accusera sans doute la classe moyenne
d'une jalousie déraisonnable, d'inquiétudes trop
ombrageuses. Quelles que soient ses passions, elle
règne cette classe moyenne. Douée d'une force
immense, puisqu'elle embrasse depuis les dernières
classes, où elle se renouvelle sans cesse, jusqu'aux
sommités sociales qu'elle touche de si près, la classe
moyenne tient dans ses mains les destinées du pays.
C'est elle qui a élevé le trône de Juillet, c'est elle
seule qui peut le soutenir; c'est par elle que les
prétentions aristocratiques seront étouffées, et l'a-

narchie comprimée. En possession de tous les
éléments du bien-être social, qu'elle veille à leur
juste distribution; et plaise à Dieu que l'importance de son rôle la pénètre bien de la gravité de
ses devoirs !

Pour résoudre la question de l'hérédité, ce n'est
pas non plus à des analogies avec l'Angleterre
qu'il faut recourir, parce que là existe encore ce
qu'en France la révolution de 89 a pour jamais
détruit.

Que l'on consulte les publicistes anglais, et l'on
se convaincra bien vite que la noblesse est envi-
sagée par eux comme un élément essentiel de la
constitution.

« Un corps de noblesse, dit Blackstone, est encore plus essentiellement nécessaire dans une constitution mixte telle que la nôtre, afin de soutenir
les droits de la couronne et du peuple, en for-
mant une barrière contre les usurpations de l'une
et de l'autre. L'échelle des dignités doit être gra-
duelle depuis le paysan jusqu'au prince, telle
qu'une pyramide dont la base est considérable,
et qui diminuant en raison de ce qu'elle s'élève,
se termine enfin par un point. Cette proportion
raffermit un État; et tout Gouvernement qui
la néglige et qui laisse un passage trop prompt
entre les deux extrêmes, n'est établi que sur un
fondement ruineux ».

« Les nobles sont des colonnes dont les matériaux ont été pris parmi le peuple, et qui servent
à soutenir le trône : s'il s'écroulait, ils seraient
nécessairement ensevelis sous ses ruines. Ainsi,
lorsque dans le dernier siècle, les membres des
Communes eurent déterminé de détruire la monarchie, ils déclarèrent la chambre des Pairs
inutile et dangereuse. »

« Des titres de noblesse étant donc si nécessaires
dans un État, il s'ensuit que ceux qui les pos-
sèdent, doivent former une branche de la législa-
tion, indépendante et séparée des autres. S'ils
étaient confondus avec le corps du peuple, si,
comme lui, ils ne pouvaient que donner leurs
voix pour l'élection des représentants, leurs priviléges seraient bientôt emportés par le torrent
populaire, et toutes les distinctions des rangs
seraient totalement détruites. »

« Ainsi il est très-nécessaire que le corps des
nobles puisse s'assembler et délibérer séparément,
et ait un pouvoir distinct de celui des communes. »
(Blackstone, t. 1.er, p. 229).

Selon Custance, « ce qui fait la vraie supériorité de la législature anglaise, c'est que toutes les
parties qui la constituent sont tenues mutuelle-
ment en échec les unes par les autres : la noblesse
représentée par le peuple dans la chambre des
Communes, et le peuple par la noblesse, au moyen

du privilége qu'a chacune des deux Chambres de rejeter les résolutions de l'autre; enfin la noblesse et le peuple par le Roi, qui met de son côté le pouvoir exécutif à l'abri de tout envahissement.

« Il n'y a rien peut-être qui ait plus contribué à envelopper la Nation française dans toutes les horreurs de la plus sanglante révolution, et à la faire passer ensuite sous le joug de fer du despotisme militaire, que l'union des trois États en un seul. Par cet amalgame de mercure avec l'or, les chimistes révolutionnaires ont entièrement détruit le brillant de l'un, l'éclat et la solidité de l'autre, et les propriétés essentielles de tous deux. Mais si le clergé et la noblesse eussent continué de former une Chambre à part, et le tiers-état, ou les représentants du peuple, une autre; s'ils eussent délibéré avec la dignité convenable, sans chercher à ruiner la prérogative royale qui donnait au Roi le pouvoir de sanctionner les résolutions de l'Assemblée, ou de les empêcher de passer en loi, il y a tout lieu de penser que tous les abus auraient été réformés, la liberté assurée, et le sang de plusieurs millions d'hommes épargné ».

(Custance, constit. ang., p. 51).

Toutes ces réflexions sont pleines de justesse, elles attestent le sentiment profond des véritables éléments de la constitution anglaise; mais pour pouvoir s'en appuyer dans la question qui nous occupe, il faudrait qu'en France il existât aussi une aristocratie nobiliaire qui fût un corps puissant, un fait social d'une haute importance : or c'est ce que l'état du pays n'offre pas. Il existe encore des matériaux de cette ancienne institution, mais gisans, mutilés, épars, et les conditions d'un nouvel édifice sont impossibles à réaliser.

Cette conviction qu'une aristocratie héréditaire et privilégiée est impossible en France, a été celle de deux esprits supérieurs, Napoléon et Benjamin-Constant. Dans le moment même où leur génie, étonné sans doute de se rencontrer sur la même question constitutionnelle, l'hérédité de la Pairie, cherchait les moyens de consolider une pareille institution sur le sol français, ils ne se dissimulaient pas toutes les difficultés dont ce projet était hérissé.

« Bonaparte lui-même, (*) qui sans avoir le sentiment de la liberté, avait l'instinct de ce qui était populaire, s'était aperçu de cette disposition générale (contre l'hérédité de la Pairie). Il disait sur la pairie : « Prenez garde qu'elle est en désharmonie avec l'état présent des esprits ; elle blessera l'orgueil de l'armée ; elle trompera l'attente des partisans de l'égalité, elle soulevera contre moi mille prétentions individuelles. Où voulez-vous

(*) Benjamin-Constant, cours de Politique constitutionnelle.

que je trouve les éléments d'aristocratie que la Pairie exige? Les anciennes fortunes sont ennemies, plusieurs des nouvelles sont honteuses. Cinq ou six noms illustres ne suffisent pas. Sans souvenir, sans éclat historique, sans grandes propriétés, sur qui ma Pairie sera-t-elle fondée? La Pairie anglaise est tout autre chose : elle est au-dessus du peuple, mais elle n'a pas été contre lui. Ce sont les nobles anglais qui ont donné la liberté à l'Angleterre : la grande charte vient d'eux; ils ont grandi avec la constitution, et sont un avec elle ».

« Malgré ses observations, continue le même auteur, je persistai dans ma conviction, que pour maintenir une monarchie constitutionnelle, l'hérédité de la Pairie était indispensable.

« 1° L'hérédité d'une classe servant de rempart à l'hérédité d'une famille, m'a semblé essentielle.

« 2° La division en deux Chambres dans le pouvoir représentatif est indispensable : or, dans l'hypothèse de deux Chambres électives, ou dont l'une serait à vie, il faudrait ou que le Roi pût dissoudre l'une et l'autre, ou qu'il pût augmenter l'une des deux à son gré; car une Chambre, à l'abri de la dissolution, et ne se renouvelant qu'à des époques fixes, nécessairement assez éloignées, deviendrait un corps indépendant, non-seulement de tous les pouvoirs constitutionnels, mais de la

Nation même. Maintenant si le Roi pouvait augmenter à son gré la première Chambre, elle serait
bien plus entièrement dans sa dépendance. Il n'y
aurait pas l'élément héréditaire qui, en mettant
certaines familles au-dessus des faveurs de la Cour,
en fait nécessairement le centre d'une opposition,
d'autant plus réelle qu'elle est calme et régulière ».

(Benj.-Constant, cours de polit. constit.).

Les arguments sur lesquels s'appuyaient Benjamin-Constant étaient vrais en théorie; mais dans
leur application il fallait tenir compte de la situa-
tion du pays auquel de pareilles combinaisons
devaient s'adapter. Aussi lorsque ce publiciste
arrête ses méditations sur la Nation au sein de laquelle il veut implanter la Pairie héréditaire, il
recule comme effrayé des obstacles puissants qui
s'offrent à lui.

« Je ne me déguise point au reste les difficultés immenses qu'il faut surmonter aujourd'hui
pour constituer la Pairie héréditaire. Je les ai dé-
veloppées ailleurs, quand l'homme le plus puissant
de notre siècle travaillait à créer un pareil pouvoir. Il y a, disais-je, confusion d'idées dans la
tête de ceux qui parlent des avantages d'une hérédité déjà reconnue, pour en conclure la possi-
bilité de créer l'hérédité. La noblesse engage en-
vers un homme et ses descendants, le respect des

générations, non-seulement futures, mais contemporaines. Ce dernier point est le plus difficile : on peut bien admettre un traité de ce genre, lorsqu'en naissant on le trouve sanctionné ; mais assister au combat et s'y résigner est impossible, si l'on n'est la partie avantagée. L'hérédité s'introduit dans des siècles de simplicité et de conquête, mais on ne l'institue pas au milieu de la civilisation : elle peut alors se conserver, non s'établir. Toutes les institutions qui tiennent du prestige, ne sont jamais l'effet de la volonté ; elles sont l'ouvrage des circonstances. Tous les terreins sont propres aux alignements géométriques ; la nature seule produit les sites et les effets pittoresques. Un hérédité qu'on voudrait édifier sans qu'elle reposât sur aucune tradition respectable et presque mystérieuse, ne dominerait point l'imagination. Les passions ne seraient pas désarmées, elles s'arrêteraient au contraire davantage contre une inégalité subitement érigée en leur présence et à leurs dépens. On peut créer de nouveaux nobles, quand l'illustration du corps entier rejaillit sur eux. Mais si vous créez à la fois le corps et les membres, où sera la source de l'illustration ? »

(Benj.-Constant, cours de polit. constit.)

Si Napoléon, avec tout le prestige de sa gloire et de son génie, si Benjamin-Constant avec l'autorité de son talent et de son dévoûment à la cause de la liberté, désespéraient de faire adopter par la Nation une Pairie héréditaire, qui peut concevoir aujourd'hui la pensée de faire goûter cette institution, aujourd'hui qu'il n'existe d'autre force sociale que celle des classes moyennes, qu'une monarchie populaire a remplacé celle du droit divin, et que l'article relatif à la noblesse semble n'avoir été laissé que pour mémoire dans la charte nouvelle. Lors donc qu'au mois d'Août 1830, la chambre des Députés, appelée par la force des circonstances à exercer le pouvoir constituant, a décidé que l'hérédité de la Pairie serait soumise à un nouvel examen, la Chambre n'a posé qu'une question résolue d'avance par un pouvoir dont nul ne peut contester les décisions, la force des choses.

Il a été sage de laisser entre l'effervescence causée par les triomphes de Juillet, et le moment de la solution d'une haute question constitutionnelle, l'intervalle d'une année. La décision qui sera rendue en recevra plus de puissance et de dignité, puisqu'elle sera le résultat d'une conviction plus réfléchie. Mais il me semble que cette solution sera négative. La Pairie héréditaire, dont le reflet a été si pâle sous la restauration, qui loin de s'identifier avec le sol, par d'immenses possessions, était réduite à n'être en quelque sorte qu'un corps salarié; cette Pairie dont l'opposition était si timide et l'adhésion si entière, a cons-tamment révélé la faiblesse de son institution.

Il faut donc renoncer et sans retour à toute idée de Pairie héréditaire. Ce ne serait qu'un édifice sans base, si à côté d'elle ne se trouvait pas une noblesse puissante et privilégiée; or le rétablissement de cette puissance et de ces priviléges rencontrerait d'insurmontables obstacles.

Mais ce n'est pas le tout que de décréter la suppression de l'hérédité de la Pairie; la question soumise en ce moment à la Nation ne se présente pas avec une telle simplicité, qu'il ne s'agisse que de décider si la Pairie sera viagère ou héréditaire.

Si la chambre des Pairs avec son privilége d'hérédité, n'était qu'une institution sans force, que sera-t-elle sans priviléges? Destinée à être un des grands pouvoirs de l'État, comment en remplira-t-elle les conditions? La division du pouvoir législatif en deux Chambres, est un des éléments essentiels de notre constitution, et cette division emprunte autant de force de la conviction où l'on est de sa nécessité, que du texte qui la consacre; mais que deviendra l'équilibre des pouvoirs, quand l'un de ces pouvoirs ne pourra pas plus se défendre qu'arrêter les entreprises des deux autres; et si la chambre des Pairs succombe, que sera à son tour le sort de cette monarchie nouvelle si nationale et si riche d'espérances, mais qui ne peut les réaliser que par l'action d'un pouvoir libre dans son allure, et assez fort pour être respecté ?

C'est alors que la question devient grave, solennelle, inquiétante même par son importance; car il s'agit de bien autre chose que de fixer le chiffre d'une liste civile, ou de chercher à concilier la liberté de l'enseignement avec les restrictions que réclament les bonnes mœurs et les saines doctrines.

Ceux qui ne jugent cette importante question, qu'avec leurs passions, n'en aperçoivent que le premier terme, l'abolition de l'hérédité. C'est le dernier vestige de cette puissance féodale jadis si odieuse et si insupportable; et la classe moyenne qui est maintenant à l'œuvre, ne s'arrêtera que quand il ne restera plus rien de ce qui fut l'objet de sa haine et de son envie.

Mais ce n'est pas le tout que d'ajouter un nouveau débris à tous ceux qui gisent sur le sol français depuis 40 ans, il faut remplacer ce qu'on vient de détruire; car la société marche pour ne s'arrêter jamais : chaque jour ses conditions d'existence doivent être remplies.

Où faut-il donc puiser les éléments de force, de considération, d'autorité morale, qui peuvent faire de la première Chambre une institution qui vive, parce que ses racines seront profondes et multipliées ?

Il faut répondre à cette question par ce qui est de toute vérité; c'est que c'est à la force qu'il faut demander de la force, c'est qu'il faut être en plein accord avec les sympathies nationales pour réfléter une grande considération.

Or où est maintenant la force sociale? qu'expriment les sympathies nationales?

La force sociale est aujourd'hui dans la classe moyenne. Science, lumière, industrie, richesses mobilières et territoriales, tout est là; et sa prépondérance est d'autant plus immense, que la limite qui la sépare des classes populaires, tend bien plus à s'agrandir qu'à se restreindre. Que pense cette classe moyenne, que demande-t-elle, quelles sont les conditions de son dévoûment et de son affection?

D'abord l'abolition absolue de toute noblesse privilégiée : c'est le prix de ses victoires de 89 et de 1830. Plus de ces priviléges, utiles à l'individu, sans l'être à la Nation; plus de ces exclusions que l'orgueil avait rendues si pénibles à une Nation fière et sensible; que l'honneur, la considération, les dignités soient à qui saura s'en rendre digne, mais que cette noble carrière soit ouverte à tous; si tous ne parviennent pas au but, que chacun au moins se dise : je puis l'atteindre.

Cette barrière entre le passé et le présent, une fois posée de manière à ne plus être renversée, la

France demandera à jouir de la liberté d'intel-
ligence, d'industrie, de conscience, à ne voir au-
dessus du citoyen que les lois et les magistrats.
Ces deux sentiments de liberté et d'égalité ont
profondément pénétré dans tous les cœurs ; la
Nation place sa gloire et son bonheur dans ces
précieux droits ; et qu'on ne s'en étonne pas, c'est
là qu'est la sauve-garde du citoyen le plus obscur,
le champ ouvert à toutes les capacités, la conviction qu'on est homme et citoyen.

La conservation de nos conquêtes sur l'ancien
régime, la garantie de nos droits de Nation libre
et intelligente, rendent indispensables des institutions qui conservent les premières et facilitent
l'exercice des seconds. A la tête de ces institutions
figure la royauté, royauté empreinte d'une origine
toute nouvelle, mais nationale dans sa source :
expression d'un véritable besoin social, et ajou-
tant à la force de sa nécessité, le noble et touchant
tableau de tout ce qui excite les sympathies de
l'honnête homme et du bon citoyen.

La Classe moyenne et la Royauté, voilà donc
aujourd'hui nos puissances sociales ; c'est donc à
elle qu'il faut s'adresser pour obtenir une chambre
des Pairs, dont les éléments ne soient pas em-
pruntés à des sources épuisées, à des souvenirs
dont le prestige est détruit, mais qui soient tirés
du sein de la Nation elle-même, qui soient pleins

de vie et de sève comme elle, et qui, à l'instar de la Royauté élevée sur les barricades, soient dans une harmonie parfaite avec nos besoins et nos vœux.

Les conditions de force d'une chambre des Pairs en France, ne peuvent donc ressembler à celles de la Chambre anglaise. Des priviléges de noblesse, des tenanciers, des substitutions à l'infini, une bourgeoisie respectueuse et pénétrée de son infériorité, voilà ce qui existe encore en Angleterre, et tout cela n'est plus pour nous que de l'histoire.

Mais quelles seront ces conditions de la Pairie nouvelle ?

Ces conditions, ce me semble, sont indiquées par le rôle qu'elle est appelée à jouer. Il existe dans toute société deux grands intérêts : l'un de conservation, l'autre d'amélioration. Un besoin social est-il éprouvé, aussitôt mille efforts tendent à le satisfaire ; s'il est vrai, s'il est réel, il est difficile que les efforts tentés ne soient tôt ou tard couronnés par le succès. Mais dans cette transition de la privation à la jouissance, la société peut être ébranlée par des moyens plus propres à troubler l'ordre qu'à développer la liberté ; des besoins factices, ou réels, mais dont le sentiment n'est pas encore généralement répandu, ne donnent lieu souvent qu'à des demandes prématurées

que repousse le bon sens public, et à l'appui des-
quels l'orgueil irrité appelle l'émeute et la sédition.
Il faut donc que dans la marche progressive de
la civilisation, la société ne s'avance que d'une
manière prudente et circonspecte, afin que l'ordre
soit la compagne inséparable du progrès. Il n'y a
en effet de bonheur et de dignité pour une nation
qu'à ce prix.

Il est dans la nature de ces deux grands intérêts
de conservation et d'amélioration de se trouver
souvent en lutte; la classe qui veut innover, étant
ordinairement celle qui souffre, et la classe qui
veut conserver, étant celle qui est satisfaite de son
sort : l'une incline à prendre, et l'autre à garder.

La chambre des Députés qui tient par plus de
rapports aux classes inférieures, sera celle à qui
l'intérêt d'amélioration sera plus directement con-
fié. Par une juste conséquence, c'est plus parti-
culièrement à la chambre des Pairs qu'il appar-
tiendra de veiller à l'intérêt de conservation.

C'est donc dans les classes de la société le plus
imbues de l'esprit de conservation que devra se
prendre et se renouveler la chambre des Pairs.

Voilà la noblesse nouvelle : semblable à l'ancienne, par son attachement à l'ordre existant,
mais sans privilége de naissance et sans rang exclusif, puisque dans sa composition elle reste
sans cesse accessible à tous, et se retrempe sans

cesse dans la masse dont elle ne se distingue que par des avantages purement personnels, le talent, l'éducation et la fortune.

Occupons-nous maintenant du mode de composition de la chambre des Pairs.

Nous avons dit qu'il fallait y faire concourir la Classe moyenne et la Royauté, puisque c'était aujourd'hui nos deux grandes forces sociales. Or, il nous semble que ce concours doit consister pour l'une dans la présentation, et pour l'autre dans la nomination.

La Classe moyenne a sa représentation naturelle dans les colléges électoraux ; c'est là qu'elle est elle-même, que son influence est toute directe, que sa voix se fait entendre avec le plus de vérité. Il me semble que la classe moyenne ne serait pas aussi bien représentée par la chambre des Députés. Ici ce ne serait plus les mandants, mais les mandataires qui exerceraient le droit de présentation, et ne serait-ce pas accroître, aux dépens de l'équilibre constitutionnel, les prérogatives d'un pouvoir déjà si grand par lui-même, qui d'ailleurs risquerait de compromettre sa dignité, en faisant tourner au profit de ses membres le droit qui lui aurait été conféré.

Je préférerais donc la présentation des candidats à la Pairie par les colléges électoraux ; mais alors ce ne serait pas par les colléges d'arrondis-

sement qu'elles devraient être faites, mais par tous
les électeurs réunis au chef-lieu du Département.
Les présentations par arrondissement feraient figurer des noms ridicules. Je suis au contraire per-
suadé que les présentations par département seront toutes favorables à la dignité du choix.
Les grandes réunions échappent à ces influences
de bas aloi qui triomphent dans les petites loca-
lités, et la pensée s'élève, le cœur a de plus nobles inspirations quand rien n'obscurcit l'idée
d'une haute prérogative à exercer, d'un grand de-
voir à remplir.

A cette première garantie de présentations honorables il faut joindre, selon moi, celles de l'âge
et de la fortune. Les candidats pour la Pairie de-
vront avoir au moins 40 ans, et payer au moins
1,000 fr. de contributions directes.

Justifions l'une et l'autre de ces conditions.

La chambre des Pairs, destinée à être la gar-
dienne des doctrines sages, des traditions qui
rattachent le passé au présent et s'opposent aux
brusques innovations; la chambre des Pairs a besoin d'une haute considération morale. Elle la recevra surtout d'hommes expérimentés, arrivés à
l'âge où l'illustration est ordinairement conquise,
où les hautes vertus, les grands talents, les qualités
supérieures ont jeté un vif éclat. La Pairie héréditaire pouvait s'accommoder de jeunes gens, c'é-

tait le résultat inévitable de son organisation ; mais la Pairie personnelle exige toutes les conditions du mérite personnel éprouvé : c'est là sa gloire comme sa garantie.

La fortune ne sera jamais considérée que comme une condition accessoire, mais l'état de la société en fait une nécessité inéludable. Si les Députés, dont la mission est temporaire, ont besoin de fortune pour subvenir aux dépenses de leur séjour à Paris, à plus forte raison sera-t-elle indispensable aux Pairs, dont les fonctions seront à vie, dont la tenue de maison exigera de la dignité, et qui, plus rapprochés du Souverain, ont besoin de prouver que l'indépendance de leur position les met à l'abri d'une influence pernicieuse à leur probité politique.

La présentation des Pairs sera donc l'ouvrage de la Nation elle-même. Sous les yeux du Monarque se déroulera une liste immense où seront inscrites toutes les notabilités susceptibles de composer la première Chambre. Un pareil mode mettra hors ligne les intrigues de Cour, les prétentions d'antichambre ; la nomination royale, à l'abri de ces accusations qui souvent sont funestes au mérite lui-même, sûre de ne choisir qu'entre les élus de la Nation, trouvera en même temps réunies toutes les illustrations sur lesquelles se serait arrêté précisément son choix, quand il eût pu s'exercer avec une liberté absolue.

, Je crois qu'un pareil mode de composition, appliqué a la Chambre actuelle, la rendrait à l'instant populaire, et lui donnerait une force dont aurait à s'applaudir le pouvoir royal autant que la cause de la révolution ; je crois aussi que les renouvellements à venir ne feraient que fortifier nos garanties d'ordre et de liberté.

C'est alors que nous pourrions dire nos Pairs, comme nous disons notre Roi, nos Députés. La première Chambre ne serait sans doute jamais populaire comme la seconde, elle ne serait pas comme celle-ci l'expression des idées du moment, elle ne se plierait pas si facilement aux divers accidents du mouvement social, mais elle aurait toujours l'appui des classes élevées, des amis de l'ordre et des sages lumières. C'est là que serait sa force : quel que soit le mode de gouvernement d'un peuple, il y aura toujours une influence puissante exercée par les sommités de la Nation, et c'est cette influence, dégagée de priviléges et d'exclusions injustes, qui doit avoir son expression légale dans la chambre des Pairs.

Nous donnons la préférence au mode que nous indiquons, parce qu'il nous paraît l'emporter sur la nomination des Pairs par le Roi, sans le concours du peuple, ou par le peuple, sans le concours du Roi.

Si la composition de la première Chambre appartenait au Roi seul, il semblerait que ses droits en recevraient plus de force et d'éclat. Ce résultat serait sans doute conforme aux vœux de ceux qui attendent surtout du pouvoir royal les plus solides garanties d'ordre et de liberté. Je ne saurais en cela partager leur espoir. Une chambre des Pairs, ainsi formée, subirait sans doute une influence marquée de la part de la Couronne; mais c'est là précisément que serait le danger pour cette dernière, car l'opinion signalerait bien vite cette influence, et ferait croire que la Pairie manque d'indépendance. Mais un corps qui voit chaque jour sa considération décroître, n'est bientôt plus rien, et loin de communiquer de la force au pouvoir qui veut s'en appuyer, il l'énerve et l'affaiblit, parce qu'il l'entraîne dans sa défaveur et son mépris. La Couronne seule ne pourrait donc pas donner à la chambre des Pairs la prépondérance sans laquelle un pouvoir n'est dans la constitution qu'un rouage inutile.

D'un autre côté faire nommer les Pairs par le peuple seul, ce serait avoir deux chambres de Députés au lieu d'une : véritable superfétation dont l'ordre ne pourrait pas plus s'accommoder que la nature de deux soleils. Dans leur accord, deux Chambres électives parlant au nom des mêmes intérêts, opprimeraient le pouvoir royal; divisées, elles occasionneraient des guerres intestines que le Gouvernement serait impuissant à réprimér. Dans les deux hypothèses, le pouvoir royal finirait par succomber ; s'il sortait vainqueur de la lutte, il ne trouverait sa sûreté que dans le despotisme.

En adoptant au contraire le mode que je propose, et dont l'idée fondamentale est le concours du Roi et du peuple dans la composition de la chambre des Pairs, je crois que cette Chambre y puiserait une force qui lui ferait prendre une place respectable dans l'action des pouvoirs constitutionnels.

Ceux dont le cœur est aussi dévoué à la nouvelle dynastie, que la raison pénétrée de la nécessité en France du pouvoir monarchique, verront quelle large part je fais à la royauté dans la nomination des Pairs.

Exerçant sa prérogative sur une liste où des noms dignes et honorables figureront toujours, la Couronne ne sera jamais forcée à faire des choix qui lui seraient hostiles. Si une majorité s'établissait jamais contre elle, ce ne serait que dans le cas où le Gouvernement s'écarterait de la ligne constitutionnelle et méconnaîtrait les vrais intérêts du pays, proclamés par l'imposante réunion des Pairs et des Députés. Dans une pareille occurence, il n'aurait rien de mieux à faire qu'à se rallier aux deux Chambres. Le pouvoir constituant ne s'établit plus par des ordonnances, il est retourné à sa source naturelle. Fasse le ciel toutefois qu'il y sommeille toujours, ou du moins que son réveil n'offre plus de pages sanglantes à l'histoire!

La chambre des Pairs, nationale dans ses éléments, sera aussi fortement monarchique; car c'est là que la Couronne réunira ses plus zélés défenseurs, ses plus fermes appuis. Pour figurer sur la liste de présentation, les notabilités chercheront sans doute à capter la bienveillance des électeurs, tant mieux pour nos mœurs constitutionnelles; mais ce ne sera pas à l'aide de quelques prévenances, de quelques caresses que la masse des électeurs, réunie au chef-lieu du Département, subira une influence favorable aux petites prétentions; une imposante majorité ne s'y déclarera qu'en faveur de ces titres qui commandent l'admiration et le respect. Si une Chambre composée de pareils éléments, n'offre pas toutes les garanties d'ordre, de stabilité, de prudence, de sagesse que l'on doit attendre d'une chambre des Pairs; si elle n'est pas profondément empreinte de cet esprit de conservation, qui est celui des premières classes de la société, et qui ne s'allie à l'esprit d'amélioration qu'avec mesure et circonspection; alors il faut, ce me semble, renoncer à toute combinaison capable d'arrêter le pouvoir populaire dans ses exigences et ses envahissements.

J'ai essayé de résoudre un problème difficile,

et loin de moi la pensée de donner les termes de ma solution pour l'expression exacte de ce que réclame l'intérêt de mon pays. Mais je suis convaincu de la vérité des propositions suivantes :

1° La Pairie héréditaire est une institution antipathique à l'esprit national ; elle est privée en outre de son élément essentiel, une noblesse nombreuse et privilégiée. Les conditions de force, de stabilité lui manquent donc ; odieuse au peuple, incapable de défendre la Couronne, son existence politique serait de courte durée, et rendrait une révolution inévitable.

2° Une chambre des Pairs devant surtout manifester dans le mouvement social, l'esprit de conservation, dans toute sa prudence et son amour de l'ordre, il faut que ses membres soient pris dans les classes supérieures où cet esprit est plus prononcé, et qu'à cette première condition se joignent des garanties d'âge et de fortune. Dans cette hypothèse, l'expression de Pairs sera pleine de justesse, car ils seront pris dans les rangs d'une aristocratie vraie, naturelle, variable et mobile dans ses éléments, par conséquent ouverte à tous, où l'on arrivera sans parchemins, où le fils ne sera rien que moins certain de remplacer le père.

3° Le concours du Roi et de la Nation est nécessaire pour constituer fortement la Pairie, et lui faire prendre dans la marche de la constitution, une attitude imposante. A la Nation la présentation, au Roi la nomination des Pairs; et celle-ci s'exerçant dans un cercle large, avec une libre allure, afin que la Chambre, plus spécialement appelée à défendre la Couronne et l'ordre établi, puisse bien remplir cette haute et importante mission, par la nature du choix de ses membres.

4° Tout mode exclusif de nomination, soit de la part du Roi, soit de la part du peuple, ne donnerait dans le premier cas qu'une Chambre trop faible, colonne fragile qui se briserait au premier choc, et dans le second, qu'une seconde chambre de Députés, cause évidente de la destruction de tout équilibre dans les pouvoirs constitutionnels.

L'importante question de l'hérédité de la Pairie va bientôt recevoir sa solution législative. Dans l'attente de ce grave événement, une préoccupation inquiète et soucieuse vient hâter le reveil de tout homme réfléchi, de celui qui demande à sa raison une solution que la passion, qui ne voit jamais qu'un côté des choses, rend si facile à tant d'autres.

La révolution de Juillet a sans doute tracé entre elle et ce qui l'a précédé, un sillon large et profond. La monarchie nationale succédant à celle du droit divin, a pour condition nécessaire d'être fidèle à son origine, et de faciliter à la Nation tous les progrès, toutes les améliorations que promet une civilisation qui chaque jour se perfectionne. La chambre des Députés a subi comme la royauté, des modifications importantes dans ses éléments constitutifs, les conditions d'âge et de cens ont diminué pour les Députés comme pour les Électeurs, et ces limites sont loin d'être les dernières, puisque le point de départ est l'exclusion, et le but, le droit commun.

La chambre des Pairs, à son tour, n'échappera pas à l'influence de l'événement dont les autres pouvoirs ont déjà éprouvé l'ascendant. Elle doit en être même plus gravement affectée que la Chambre populaire, puisque sa base fondamentale, l'hérédité, ne peut plus subsister. Il ne s'agit plus de constituer une aristocratie dont la force était bien plus dans les souvenirs que dans l'état présent, qui, associé aux préjugés de la restauration, tendait à s'affaiblir et à s'isoler comme elle ; mais de s'appuyer sur une aristocratie vraie, puissante, nationale et capable de défendre l'institution qui la représenterait.

Si l'état social ne s'améliore qu'en innovant, s'il y a péril à contester les faits qui se déclarent, d'un autre côté, il ne faut pas perdre de vue que les événements sont comme les principes, qu'il y aurait aussi péril à les étendre au-delà de leurs justes conséquences.

De ce qu'il y a eu, en Juillet 1830, une révo-

lution qui a placé sur le trône une dynastie nouvelle, il ne s'ensuit pas qu'aujourd'hui tout sera
tellement différent de ce qui a précédé, que la
France doive être gouvernée et administrée d'après
des principes entièrement opposés à ceux qu'on
a suivis jusqu'alors.

De jeunes imaginations, ou des imaginations
qui sont restées jeunes malgré les leçons de l'ex-
périence, peuvent se livrer à toutes sortes de rêves;
le champ des utopies spéculatives reste constam-
ment ouvert à quiconque veut le parcourir. Mais
une révolution ne se fait pas pour plaire à l'imagination; elle a au contraire une cause toute sérieuse, toute rationnelle. Autrement elle ne pré-
senterait plus que la nature dégradante de l'émeute
ou de la sédition.

En arrachant le sceptre à Charles X pour le
placer dans les mains de Louis-Philippe, on a
donné à la royauté parjure à ses serments, une
grave et terrible leçon; mais la royauté n'en est
pas moins restée debout, la volonté nationale
a énergiquement repoussé toute tentative de ré-
publique.

L'esprit éclairé, les qualités solides, le cœur
loyal et bon, le dévoûment à la patrie du nouveau Roi, ont dû modifier les formes de la royauté
nouvelle; une étiquette ridicule, des habitudes de
luxe, de désœuvrement, des préjugés d'orgueil et

de puissance absolue, ont dû être remplacés par une Cour simple, des mœurs dignes et honorables, par le profond sentiment des devoirs d'une Couronne constitutionnelle.

Mais la France, en plaçant la Couronne sur la tête du duc d'Orléans, a été loyale dans son offre comme le Prince dans son acceptation. Dans le contrat a été stipulé une royauté réelle, forte pour qu'elle fût obéie, respectable pour qu'elle fût utile. La France, généreuse et confiante, a préposé la royauté à la garde de ses plus chers intérêts, la liberté et l'égalité ; mais elle n'a pas associé des choses qu'elle eut regardées comme inconciliables. La liberté qu'elle demande, c'est l'exercice facile, vrai, régulier de toutes les facultés que l'homme a reçues de son créateur, la jouissance des droits que le citoyen trouve écrits dans les lois de son pays. L'égalité que la France réclame, c'est que le bien-être social soit accessible à tous, c'est qu'aucune espérance légitime ne soit refoulée dans le cœur de celui qui l'éprouve, c'est que les inégalités de capacité, de fortune, d'instruction, ne deviennent pas des causes d'oppression, d'injustice, ou d'un abandon fatal pour ceux qui, privés de ces précieux avantages, n'en restent pas moins des hommes et des citoyens.

Mais une liberté qui ne serait que la haine du pouvoir et l'impatience de tout frein, une égalité qui ne serait que le désir d'abattre tout ce qui est grand et supérieur dans la société, pour tout ramener au niveau des petites âmes, à celui des passions basses et méchantes, certes ce n'est pas là ce que veut la France. La Nation qui aspire au noble rôle de marcher à la tête de la civilisation européenne, sait bien que les lumières qu'elle doit répandre, ne seront pour elle et pour les autres peuples un véritable bienfait, que sous la condition qu'elles seront puisées à leurs véritables sources, la justice, la sagesse et la raison.

FIN.

www.ingramcontent.com/pod-product-compliance
Ingram Content Group UK Ltd.
Pitfield, Milton Keynes, MK11 3LW, UK
UKHW021150140726
13695UKWH00005B/2050